Il y a un MONSTRE chez moi

Un livre sur les droit de l'homme des enfants

Auter: D. E-Collen

Illustrateur: D. Coddington

Traducteur: L. Teliatnik

FriesenPress

Suite 300 - 990 Fort St
Victoria, BC, V8V 3K2
Canada

www.friesenpress.com

First Edition — 2019

ISBN
978-1-5255-3767-7 (Hardcover)
978-1-5255-3768-4 (Paperback)
978-1-5255-3766-0 (eBook)

1. JUVENILE FICTION, SOCIAL ISSUES

Distributed to the trade by The Ingram Book Company

Ce livre est basé sur une histoire vraie.

Cetains profits de ce livre seront versés à l'hôspital Sick Kids.

L'auteur, illustrateur, et traducteur, D. E-Collen, D. Codding, et L. Teliatnik, sont des enseignants en Ontario, Canada.

Il y a
un MONSTRE
chez moi.
Il a emménagé quand
j'avais 5 ans.

Au début, le MONSTRE
veut me faire plaisir.
Il est mon ami.
Il est gentil avec moi
et m'achète de jolies choses.

Avec le **MONSTRE**,
je me sens importante.
Le monstre dit qu'il ne faut pas que
je partage nos secrets avec maman.
Il me dit que je suis spéciale.

Mais maintenant,
le **MONSTRE** se met en colère
quand je ne fais pas ce qu'il veut.
J'ai trop peur de lui dire non.

Le MONSTRE ne me
laisse jamais tranquille.
Il entre dans ma chambre
pendant la nuit.
Je fais semblant de dormir.

Je n'ai pas le droit de verrouiller
la porte de la salle de bain.
Le MONSTRE ne respecte pas
mon intimité.
Il entre pendant que je prends
la douche ou quand je vais
aux toilettes.

En classe, mon enseignante nous a expliqué les touchers appropriés et les touchers inappropriés. Elle nous a dit que, si quelqu'un nous met mal à l'aise, on doit le dire à un adulte de confiance.

Le **MONSTRE** a des touchers inappropriés et ça me met mal à l'aise.
J'ai tout raconté à mon enseignante.

Chaque enfant a le droit d'être protégé contre toute forme de violence, abus etnégligence.

La Convention des Nations Unies relative aux droits de l'enfant stipule les droits des enfants et jeunes de moins de 18 ans.

Ils incluent :

Chaque enfant doit être protégé contre toute forme de violence, abus et négligence et les gouvernements doivent protéger ce droit. Article 19

Nul ne peut porter atteinte au corps d'un enfant sans son consentement et les adultes doivent protéger l'enfant. Article 34

Nul enfant ne doit être soumis à des punitions humiliantes ou blessantes. Article 37

Source:

https://www.unicef.ca/sites/default/files/imce_uploads/UTILITY%20NAV/TEACHERS/DOCS/crc_resume_adult_version.pdf

CPSIA information can be obtained
at www.ICGtesting.com
Printed in the USA
BVHW020754010719
552359BV00014BA/516/P